独でも生きられる。

よ、あなたに必要なメッセージ

曽野綾子

イースト・プレス

装丁——神長文夫＋坂入由美子

弱さを自覚する時に、初めて人間は、強くなる方法を見つけるのである。

（『私の中の聖書』）

孤独でも生きられる。◎目次

※本書は『孤独でも生きられる。』（弊社刊行）を普及版として、新装・再編集したものです。

孤独

何がなくちゃだめだ、とか、誰がいなくちゃいけない、なんて思うのは、
間違いなのよね。
何がなくても、誰がいなくても、人間は何とかやって行くんだから。

（『極北の光』）

自分流に不器用に生きることである。
自分流でなく、他人流に生きようとする人が多過ぎるからストレスが起きる。

（『社長の顔が見たい』）

もしほんとうに避けたいと思う相手がいたら、私たちはその人の悪口を言わずに、相手が気がつきもしないようにそれとなくそっと遠ざかり、その人の幸福を祈り、その後いつでも、何かほんとうにその人の困ることが起きたら、手をお貸しするという心を持ち続けるということです。

（『聖書の中の友情論』）

嫌われたら嫌われていればいいのだ。

（『夢に殉ず』）

人間は一人一人、誰とでも比べる必要がないのだ。

(『近ごろ好きな言葉』)

自分にとっていい生き方というのは、
けっして他人と同じに生きることではないのです。

（『悪と不純の楽しさ』）

もっと小さなことを喜び、世間がではなく、自分が喜べることを喜べばいい、ということも、私は人生の比較的早い時期に知った。

（『悲しくて明るい場所』）

自分の責任でないことは別に謝る必要はないのである。

(『二十一世紀への手紙』)

皆が平等に、いっしょに、という発想は不可能なことだ、と私は思っている。
人間にはお互いに馴染めない生き方や考え方をする人というものがある。
しかしだからといって相手が邪魔なのではない。お互いに侵さず侵されず、
相手の生活をきっちりと幸福に守らなければならない。

（『聖書の中の友情論』）

人は世間の風潮がどうあろうと、自分の信念に従って生きる時、
輝いて見える。

（『狸の幸福』）

頼まれたら断れない、という神経も私には昔からなかった。

これはあるべき感覚が欠損しているのかもしれないが、私はどんな相手でも筋が通らなければ断れる。

悪く思われても仕方がない、と初めから思っているのだ。


（『自分の顔、相手の顔』）

私はいろいろなことを諦めたが、中でも割と早くから、
人に正当に理解されることを諦めたのである。

（『二十一世紀への手紙』）

人間は多勢といればいるほど、孤独を噛みしめる筈のもので、従って、孤独は人間の存在それじたいとシャム双生児のような関係にあるのだという。

（『テニス・コート』）

悪い状態、ひどい評判から出発することは幸運だとさえ言える。
それより落ちることがないからだ。

（『部族虐殺』）

人の考えを憶測したりするのは無礼というものだ。

（『神さま、それをお望みですか』）

嘆いてみたところで、不運が去ってくれるわけでもない。
暗い顔をして生きてるのも人生なら、明るく生きるのも同じ人生だ。

（『アレキサンドリア』）

どんな悲しみの中でも、私たちには必ず喜びが用意されています。

（『聖書の中の友情論』）

苦しみもまた、一つの恵みだ、という言葉は真実なのだが、これほど口にできにくいものもない。他人が苦しんでいる時に、はたでこう言ったら、これほど同情のないものはないし、自分が苦しんでいる側で、他人にそう言われたら腹が立つに決まっている。

（『私を変えた聖書の言葉』）

人は耐えられる限度を越えると、その瞬間、高圧電流が流れるように、価値観がまったく変わることがあるそうだ。その時、もう自分の生涯を捨てることくらい何でもなくなる。私にはその気持ちもよくわかる。

（『近ごろ好きな言葉』）

どのような時間が「楽しい時」かそれは人によって違うだろう。違っていいのだし、違うべきなのだが、人は勇気を持って自分だけの「楽しい時」を持つべきなのである。

（『悲しくて明るい場所』）

人は自己の生き方を選ぶべきなのである。

（『二十一世紀への手紙』）

限りなく一人ずつ大切な個性があり、多少右往左往することはあっても、
誰もがその人らしく輝き得る。

（『ほんとうの話』）

世間

友達をいい人か、悪い人か、に分けているうちはだめなのですね。

いい人は多いのですが、すべてにおいていい人というのもないものです。

悪い人もたまにはいますが、ほんとうに悪い人、というのもごく少数です。

ただ趣味が合わない人がいて付き合えない場合もありますが、それは、相手が悪いのではなくて、生き方が違うだけのことです。


（『聖書の中の友情論』）

正しいことの反対は間違いだと決めつける。
ほんとはそんなことはないんですよ。

（「人はみな『愛』を語る」）

親しき仲にも礼儀あり、というのは、友達同士の関係をいっているのだろうと昔は思っていたが、今では夫婦・親子の間で必要なことなのだ、と思うようになった。

（『自分の顔、相手の顔』）

「世間の悪評」が、誰もほんとうに知らないままに先行しているという状況は、むしろ人間にとっては願ってもないほどいいものなのです。そのようないわれのない非難と闘っている限り、人間は堕落しないで済みますし、勇気に溢れているものなのです。

（『湯布院の月』）

いずれにせよ、正しく相手の言ったことを記憶するなどということ、正しくその時の状況を把握するなどということ、正しく他人の心理を理解するなどということは、ほとんど不可能と思ったほうがいい。

（『悲しくて明るい場所』）

家庭の会話なんてばかばかしいから心が休まるのである。

（『自分の顔、相手の顔』）

学歴にしがみつく人は、ほんとうは劣等感の塊なのだろうに。

（『運命は均される』）

誰でもない自分の評判というものは気になるものだ。
しかし評判ほど、根拠のないものはない。

（『自分の顔、相手の顔』）

人間はいいことだけをして生きているわけではない。それどころか、いい加減にその場その場でお茶を濁してこそ、生きていけるのだ。

（『七歳のパイロット』）

私くらいの年になると、他人なら、嫌な人でも平気になって来るのよ。
おもしろい人に会えてよかったと思えるのよ

（『寂しさの極みの地』）

ささやかな人間関係の信頼関係に応えない人生は、基本のところですばらしくもないし、ドラマチックでもないのである。

（『自分の顔、相手の顔』）

私たちは平等ではないが、対等である。

（『悪と不純の楽しさ』）

親切は、ただ親切にすることが心地よいからすればいいのである。

（『ギリシア人の愛と死』）

悪く思われたってよく思われたって、僕は僕じゃないか

（『夢に殉ず』）

今のわたしは自然体で生きているような気がする。失敗した時は首をすくめて、人間だからこういうこともあるさと自分に言い聞かせる。

怒られたらゴメンナサイと本気で謝り、それでも相手に与えた心の傷が癒えるのに時間がかかるだろうから、ひたすら時が過ぎるのを待つ。

しかし心の底には、いいやいいや、そのうちに相手も私も死んじゃうんだから必ず解決する、という思いがないわけではない。


（昼寝するお化け）

それを何もかも律儀にやっていると、人の流れに呑まれてひどい目に遭うそうです。万事、いい加減に受け止めてれば、そんな深刻なことにはならないのよね。

（『飼猫ボタ子の生活と意見』）

人生には予測だけで物事を決めなければならない時もありますが、やってみなければわからないことも多いものです。

（『日本財団9年半の日々』）

約束したことはやらなければならない。

（『日本財団9年半の日々』）

気楽に人の下に立てる人は、むしろ静かな自信を持つ人である。

（『二十一世紀への手紙』）

私の実感では、どうも自分の職場を愛さないほうがいい、ような気がする。職場を愛しすぎると、余計な人事に口出ししたり、やめた後も何かとかつての職場に影響力を持ちたがったり、人に迷惑をかけるようなことをする。

（『自分の顔、相手の顔』）

私たちはすべてのことから学べる。
悪からも善からも、実からも虚からも恐らく学べる。

（『自分の顔、相手の顔』）

勝つこともいいが、私は堂々と負けられる人間が好きである。

（『あとは野となれ』）

心と行動は違っても仕方がない。せめて心と行動とは裏腹でいいから、相手に優しくせよ。

（『社長の顔が見たい』）

言葉は悪いが、気配りなどというものは、或る程度感覚の鋭い人にしかできない。

（『社長の顔が見たい』）

人間はたやすく集団で理性を失える性格を持っているのだ。
それが万人に共通の弱点なのだから、自分だけが例外ではないと覚悟すべきである。

（『社長の顔が見たい』）

すべての民主主義は停電した瞬間から機能しなくなることを知っている日本人は少ない。

（『社長の顔が見たい』）

できれば損なことを選べるだけの精神の余力、魂の高貴さを持ちたい、などと言っても、今の人たちには何のことか、わけがわからないのだろう。
そこが怖い。

（『社長の顔が見たい』）

自分で職場を選んで契約したなら、その間だけは会社に時間を売り渡しているんですから忠誠を尽くす。嫌々働いているとしたら、それは月給泥棒です。仕事がつまらないのなら契約を解いて、自分が楽しく働けるところに行くべきです。

（『日本財団9年半の日々』）

すべての人はあらゆる人から恩恵を受ける。善からも悪からも贈り物をもらう。そのからくりを考えると、誰もが本来なら謙虚にならざるをえないのである。

（『社長の顔が見たい』）

人生には一日として同じ日がない。会う人も一人として同じ人がいない。
そう思うと強欲になるのだ。
今日を大切にしたいと思う。

（『社長の顔が見たい』）

「道徳」とは、単なるお説教ではないのだ。人間関係を、最低限あまりこんがらかせずにやって行くための謙虚な知恵なのである。

（『社長の顔が見たい』）

やり遂げるためには、いつもと違う自分に切り替えるスイッチが必要でした。だからといって、別に嘘をつくというわけではありません。相手のおっしゃることに精いっぱい自然体でお応えする。

(『日本財団9年半の日々』)

違いはあくまで礼儀正しく認め合えればいいのだ。

（『社長の顔が見たい』）

私たちはお互いがお互いの安全や複雑な社会の機能を保持するために、かつてなかったような規則に従い、不自由を忍ばなければならなくなっている。

（『社長の顔が見たい』）

人間の世界というものは、あらゆる方のお世話になって一人ひとりが生きているわけです。私たちはすべての人に助けていただきながら、力が発揮できるということを忘れてはいけないと肝に銘じています。

（『日本財団9年半の日々』）

どんなに拒否されても、それが人間としてやるべきことだと思ったら、やるべきであり、感情ではついていかなくとも理性によって相手を愛し続けることが必要です。

（『日本財団9年半の日々』）

反発を恐れていたら何もできません。

（『日本財団9年半の日々』）

職業上は命令系統の上とか下とかありますが、それは架空の能力です。人間としては、上も下もなく、その道の経験のある人は凄いな、偉いなあ、と話を聞いていていつも思いますよ。

（『日本財団9年半の日々』）

すべての人や組織のほんとうの姿というのは、たぶん人が思っているほど、良くもなく、悪くもない。

（『日本財団9年半の日々』）

この世自体が期限つきですからね。だからすべてのことが、別れというか辞去というか、関係を解消することを前提としている。

（『日本財団9年半の日々』）

私は悪意の人より、善意の人が怖いのである。

（『日本財団９年半の日々』）

相手がすぐ、こちらの思いどおりにしてくれる、などと期待すると始終怒っていなければならないから、すべてことは成り行きまかせ、と初めから思い諦めたほうが、こちらの神経が疲れずに済む。

（『近ごろ好きな言葉』）

人間には醜い心があるから、他人の不運の時には楽しいのである。だから、自分が失敗した話、女房にやっつけられた話、自分の会社がどんなにろくでもない所かというような愚痴をこぼすことは、聞く相手にそこそこの幸福を与える。

（『自分の顔、相手の顔』）

人を非難したり、恨んだり、謝らせようとしたり、差別したりするというのは、自分の人生が失敗だった人のすることである。

（『正義は胡乱』）

私は昔から勝気ではなくて、自分より人の方がうまいということは、すぐその人にやってもらおうとする癖があった。

（『自分の顔、相手の顔』）

こだわりは、一芸のためにはいいんですけど、生き方としては重苦しいんですね。

（「人はみな『愛』を語る」）

人は皆、自分の持ち場と特技で働くことだ。自分の働きだけが本物で、他人の仕事はたいしたことはない、と思うことほど嫌らしいものはない。

（『自分の顔、相手の顔』）

人にはいろいろな理由がある。ただ外部の者は、その理由を知らないだけだ。

（『二十一世紀への手紙』）

人の考え方や好みを簡単に裁くことはできない。

（『七歳のパイロット』）

利己主義ってあんまり責めちゃいけないよ。人を責めてると、自分が立ち行かなくなるからね

（『寂しさの極みの地』）

暴力を振るう人は、強いのではなく、弱い人なのだ、ということも知った。

（『悲しくて明るい場所』）

人間は本質的に、平和と同時に喧嘩も好きなのだ。だから、人間は誰でも平和だけが好きだというまちがった認識の上に立ってものごとを話すと、議論が上滑りする。

(『地球の片隅の物語』)

一人の人を傷つけるくらいの強さがないと、一人の人の心も救えない。

(『自分の顔、相手の顔』)

親しく付き合っている人とさえ、部分的には遠くに身を引き、いつもその人のことはよく知らない、と他人に言える慎ましい関係が私は好きだ。

（『悲しくて明るい場所』）

人は五メートル以内に近づかなければ、たいていの他人に被害も与えず被害も被らなくて済む。

（『悲しくて明るい場所』）

私たちは確かに他人の悪口が好きだ。しかし褒める気持ちにもなりたい。

（『七歳のパイロット』）

人脈は、それを利用しなければ、自然にできる。

（『悲しくて明るい場所』）

最高の人間関係は、自分の苦しみや悲しみは、できるだけ静かに自分で耐え、何も言わない人の悲しみと苦労を無言のうちに深く察することができる人同士が付き合うことである。

（『二十一世紀への手紙』）

『うちはうちです』という言葉を、各家庭が持つべきだろう。うちのやり方が正しいのではない。しかしどこの家にも家庭の事情と趣味はある。片寄っていても押し通していいのである。

（『自分の顔、相手の顔』）

すべてのことには意味がある。

（『悪と不純の楽しさ』）

人は、その生涯において、住む所も仕事も代わって仕方がないものなのである。

（『流行としての世紀末』）

私とその人との友情に支障がないのは、私たちがお互いに、「あるがまま」を許容して、相手の本質の部分を本気で批判したり、拒否したり、冒したりしないからだと思う。

（『悲しくて明るい場所』）

人は不得手な部署にも移らねばならない。そうしないと、組織が硬直する。そして人は不得手だと思う場所で、意外な才能を発揮することもあるのである。

（『運命は均される』）

わからないことは、わからないと言うか、沈黙するほかはない。

（『部族虐殺』）

もし人を本当に愛したのなら、人は相手の弱点も受け入れるものです。だから欠点のない人は、ほんとうの愛を見つけられない恐れもあります。

（『湯布院の月』）

平和の実現は、多くの場合、人と同調することではなく、抵抗することから生まれる。

（『自分の顔、相手の顔』）

何の犠牲も払わずに、ただ楽しいだけで、友情がなり立つと思ったら、それは甘い考えなのでしょう。

（『聖書の中の友情論』）

すべての人生のことは「させられる」と思うから辛かったり惨めになるので、「してみよう」と思うと何でも道楽になる。

（『自分の顔、相手の顔』）

許すということほど、人生でむずかしいものはない。

（『狸の幸福論』）

愛というものは、苦しみを代わることである。

（『神さま、それをお望みですか』）

およそあらゆる人間の上下関係は仮初めのものである。だから、そんなものは本来、本気になって信じなくていいことなのである。

（『二十一世紀への手紙』）

トンマやマヌケやグズがいなかったら、あるいは私たちの中にその要素がもしまったくないとしたら、世間には笑いの種もなくなり、かさかさに乾いた理詰めの世界が広がるだけになります。

（『聖書の中の友情論』）

今でも私は、会席の席などで、すぐに軽薄な意見を述べるのですが、反対されるとあまり言い張りません。じつはどちらでもいいのです。

（『聖書の中の友情論』）

責任の範囲でなら、私は憎まれることにも意味があると思える。しかしその場だけの関係なら憎まれないほうがいい。

（『自分の顔、相手の顔』）

たぶん一つだけを求めて、後を捨てるということを、もしかすると恋愛結婚というのである。その一つは何でもいい。

（『悲しくて明るい場所』）

運命

人は運命をそのまま受容すべきなのだ。

（『社長の顔が見たい』）

「僕は、このごろ年だと思うのは、
どんな運命も愛せるようになったことだな。
悪く言えばどうなってもひとごとなのよ。
よくなっても僕の力じゃない。悪くなっても僕のせいだけでもない。
辛いこともあるけど、辛いのも一つの運命だから」

（『寂しさの極みの地』）

人は運命が代わることによって、必ず失うものがあり同時に何かを得るのである。その時、失うものを数えずに、得たものの中に喜びを見出すことができる人が、人生の「芸術家」である。

（『狸の幸福』）

この世のすべてのものは対極のものの中間ですから、最善とか最悪とかいうものはほとんどなく、いつも「ベターと思われるもの」で生きればいい。

（『日本財団9年半の日々』）

人が大切に思うことは私も大切にしたいのだ。

（『社長の顔が見たい』）

逆境は、反面教師以上にすばらしいものである。しかし逆境を作為的に作るわけにはいかない。だから多少の不便や不遇が自然に発生した時に、私たちはそれを好機と思い、運命が与えてくれた贈り物と感謝し、むしろ最大限に利用することを考えるべきなのである。

（『二十一世紀への手紙』）

自分はその程度の人間である。完全を、最高を求めてはいけない。

（『父よ、岡の上の星よ』）

人間が選べるのは、運命が許してくれた選択の範囲の中でである。

（『讃美する旅人』）

人間は辛いことがあっても、楽しいことがあれば、みごとに心を切り換えて生きて行くことができる。

（『神さま、それをお望みですか』）

運命や絶望を見据えないと、希望というものの本質も輝きもわからないのである。

（『自分の顔、相手の顔』）

人は他人の運命と比べて、
自分の運命を変えてもらうというわけにはいかない。

（『二十一世紀への手紙』）

世間は確かに「いい時に病気した」と思われる場合がある。その時、その人が病気にかかからずやり続けていたら、間もなく死んでいたかもしれないのだが、病気をきっかけに食生活のでたらめや、勤務時間以外にも無理して働いたことを思い出し、生活を改変するのである。

（『自分の顔、相手の顔』）

私はすべての運命の変化を感謝し、おもしろがって、受け入れていた。

(『運命は均される』)

人生は不平等である、という現実の認識を出発点として子供たちに教えるべきであろう。

（『部族虐殺』）

もちろん、私たちは病気にはかからないほうがいいし、暑い日にはエアコンがあったほうがいいけれども、原則は居心地の悪い世界がこの世であって、それに耐えるときに人間になるんだということを忘れてはいけないんですね。

(「人はみな『愛』を語る」)

不幸を決して社会のせいにしてはいけない、と私は思い続けて来た。

(『神さま、それをお望みですか』)

辛抱強く見守ることが、すべての事を成功させる秘訣らしい。

（『社長の顔が見たい』）

人生は番狂わせの方がドラマがあるものだ。

（『社長の顔が見たい』）

私は「苦悩は人を思索的にする」と思っている。

（『社長の顔が見たい』）

人間は便利さより、不便さの中で発見することの方がずっと多いのである。

（『社長の顔が見たい』）

私はすべての生活は過酷だと思っている。そのあって当然の過酷を正視し、過酷に耐えるのが人生だと、一度認識すれば、すべてのことが楽になる。感謝も溢れる。人も助けようと思う。自分の人生を他人と比べなくなる。

（『社長の顔が見たい』）

悪くて当然と思っていると、人生は思いのほか、いいことばかりである。

（『二十一世紀への手紙』）

この世で、私の身の上に初めて起こったというような恥はない。そんなふうに考えるのは、むしろしょった行為である。私が苦しんでいるような恥は、もう、この地球上で、数万、数十万人の人が苦しんだことなのだ。

（『悲しくて明るい場所』）

どんな結果になろうと、私たちは自分の運命を自分で選ぶことが最高なのだ。それがその人の尊厳をかけた選択なのである。

（『正義は胡乱』）

「お辛い時は、酔っぱらうか、忘れるか、無責任になるか、じっと背をかがめて嵐の吹き過ぎるのを待つか、それしかありませんわ」

（『寂しさの極みの地』）

欠陥を持つ人がそれを乗り越えた場合、その人は、傷のない人より、強く輝くのである。

（『ほんとうの話』）

人間は基本的に運命に流されながら、ほんの少し逆らう、というくらいの姿勢が、私は好きなのであった。

（『悲しくて明るい場所』）

柔らかく受け入れて、自分は変わらない、ということは実は至難な技であるらしい。

（『自分の顔、相手の顔』）

人は大体誰もが平凡で、「ろくでなし」で「能なし」である。今までうまくやって来たとすれば、運がよかったか、他人が図らずも庇ってくれていたからに過ぎない。

（『中年以後』）

人間はいつだって、何か一つ捨てなければ、一つを得られないのです。

（『ブリューゲルの家族』）

人間は、実にものごとを選んでいるものであった。楽な方、楽しい方、得になる方を、信じられないほどの素早さと正確さで選んでいる。

（『夢に殉ず』）

怖い、とか、できない、とか言ってはいけないのだ、と私は自分に言い聞かせた。生きるということは、それらのことと戦うことである。

（『二十一世紀への手紙』）

不幸を決して社会のせいにしてはいけない、と私は思い続けて来た。不幸はれっきとした私有財産であった。だからそれをしっかりしまいこんでおくと、いつかそれが思わぬ力を発揮することがある。

（『神さま、それをお望みですか』）

「大して辛かないですよ。人間、食べるものがないとか、痛みを止められないとか、濡れたのを乾かすことができないとか、そういうことが一番辛いんですよ。今の日本には、そういう原始的な苦痛が存在しないから、くだらない苦痛が格上げされて大げさに感じられてるだけのことじゃないかな」

（『夢に殉ず』）

人間は常に勝利者になることはできない。しかし勝利者になるのも敗者になるのも、人間の心がしくその運命を受け入れれば、得るものは同じくらい大きく豊かな筈だと思う。

（『まず微笑』）

人間間違ってたって仕方がないのよ。ベストを尽くそうなんておやめなさい。賢く考えようなんてすると、疲れちゃうのよ、私は。

（『飼猫ボタ子の生活と意見』）

老い

年を取るということは、切り捨てる技術を学ぶことでもあろう。
そしてそのことを深く悲しみ、辛く思うことであろう。
ただ切り捨てることの辛さを学ぶと、切り捨てられても怒らなくなる。

（『狸の幸福』）

人は一度に死ぬのではない。機能が少しずつ死んでいくのである。それは健康との決別でもある。

（『中年以後』）

病気はしない決心をして、あらゆる予防処置をした方がいい。しかし、しなくて済むと思い上がれるものでもない。病気をみごとに病むことができるかどうかが、人間の一つの能力であり才能だと私はいつも思うのである。

（『悲しくて明るい場所』）

病む時も健康な時も、共にその人の人生である。病気の仕方も、病人の暮らさせかたもまた芸術になり得る。

（『大説でなく小説』）

どんなに心根のよい人でも、病気になる。実はその時が人間の真剣勝負なのである。病気をただの災難と考えるか、その中から学ぶ機会とするかは、その人の気力次第である。

（『悲しくて明るい場所』）

老年は、孤独と対峙しないといけない。孤独を見つめるということが最大の事業ですね。それをやらないと、多分人生が完成しないんですよ。

（「人はみな『愛』を語る」）

老齢になったら、自然に身を引かなければならない。

（『狸の幸福』）

適切な引き時を決めるためには実に冷静な計算と知恵が要ります。

（『日本財団9年半の日々』）

人間は、老年になったら、いかに自分のことを自分でできるか、ということに情熱を燃やさなければならない、と私は思う。

（『近ごろ好きな言葉』）

その人の生涯が豊かであったかどうかは、その人が、どれだけこの世で「会ったか」によって計られるように私は感じている。

人間にだけではない。自然や、できごとや、或いはもっと抽象的な魂や精神や思想にふれることだと私は思うのである。

（『ほんとうの話』）

生きるということは、これまたほどほどに人を困らせることでもある。

（『近ごろ好きな言葉』）

人間は必ず、どこかで義理を欠いて後悔と共に生きる。

（『中年以後』）

中年というものは、もう大人として認められ魂の独立が可能になってから後の年月の方が長い人格を指す。だからことの責任は、遺伝的な病気以外は、すべて当人の責任なのだ。

（『中年以後』）

中年を過ぎたら、私たちはいつもいつも失うことに対して準備をし続けていかなければならないのだ。失う準備というのは、準備して失わないようにする、ということではない。失うことを受け入れる、という準備態勢を作っておくのである。

(『中年以後』)

諦めることなのだ。できることとできないことがある。体力、気力の限度がある。

（『中年以後』）

魂というものは、例外を除いて、中年になって初めて成熟する面がある。

(『中年以後』)

或ることの醜さを自覚している限り、人間は決して本質的に醜くならない。

（『二十一世紀への手紙』）

俺は、知的になろう、と思わなくなったのさ。というか、俺は能力ある人間だと思われない方がおもしろいような気がして来たのさ。

（『悪と不純の楽しさ』）

中年は許しの時である。老年と違って、体力も気力も充分に持ち合わせる中で、過去を許し、自分を傷つけた境遇や人を許す。かつて自分を傷つける凶器だと感じた運命を、自分を育てる肥料だったとさえ認識できる強さを持つのが、中年以後である。

（『中年以後』）

一分でも一時間でも、きれいなこと、感動できること、尊敬と驚きをもってみられること、そして何より好きなことに関わっていたい。

（『燃えさかる薪』）

長く生きるということはおもしろいのだろうと思う。

（『地球の片隅の物語』）

もう人生の持ち時間も長くないのだし、健康に問題が生じても当然の年だし、義理で無理をすることはない年なのである。

（『自分の顔、相手の顔』）

生活を、辛い義務と思えば辛いだろう。しかしおもしろい、と思えばやることはいくらでもあり、うまく行った時は、かなり贅沢な思いにもなれる。義務を趣味にする魔法である。

（『流行としての世紀末』）

時間というものは偉大なものだ。

（『悲しくて明るい場所』）

忘れる、ということは、偉大な才能であり、神の恵みであり、場合によるが徳ですらある時がある。

（『悪と不純の楽しさ』）

しかし中年以後は、自分程度の見方、予測、希望、などが、裏切られることもある、と納得し、その成り行きに一種の快感を持つこともできるようになるのである。

（『中年以後』）

人間弱みのあるのは恥ではないのだ。弱みを自覚するのも特に恥ではない。しかし恥を全く隠そうとしないのは恥なのである。

（『正義は胡乱』）

思えば人間の生涯は、そんなに生半可な考えで完成するものではないだろう。時間もかけ、心も労力もかけて、少しずつ完成する。当然のことだが、完成は中年以後にやっとやって来る。

（『中年以後』）

若い時には、人間は一生の間にどんな大きな仕事でもできるように考えていた。しかし今では、人間が一生にできることは、ほんとうに小さいことだということがわかってしまった。

（『自分の顔、相手の顔』）

やっぱり私なりに自然で楽なほうがいいんですよ、この際。そこで納得ですね。そういうふうになれたというのは、私が年を取ったからなんです、ありがたいことに。

（「人はみな『愛』を語る」）

人間は心も体も柔軟で通りがよくなくてはいけない。

(『社長の顔が見たい』)

どこかに欠陥がある体に耐えることは、凡庸な自己修行法だと思えるようになったのである。

（『社長の顔が見たい』）

自分の持ち時間に限りがあるのだから、時間は徹底して自分を上等なものにしてくれるものに使いたい。

（『狸の幸福』）

健康管理は蓄積だ。それは、宝くじを狙う人よりも毎日毎日ブタの貯金箱に小銭を入れる人の方がお金を溜めるのと同じで、毎日、暴飲暴食をせず、バランスのいい食事を何十年とし続けて手に入れるより仕方がないのであろう。

（『自分の顔、相手の顔』）

病気や体力の衰えが望ましいものであるわけではない。しかし突然病気に襲われて、自分の前に時には死に繋がるような壁が現れた時、多くの人は初めて肉体の消滅への道と引き換えに魂の完成に向かうのである。

（『中年以後』）

喋るっていうことが、一番金のかからない娯楽なんです

（『夢に殉ず』）

この頃年をとった良さをしみじみ思う。

（『社長の顔が見たい』）

これからの老人たちは、自分で独創的な老後の生き方を考えるべきだろう。

（『社長の顔が見たい』）

死

死を前にした時だけ、私たちは、この世で、何がほんとうに必要かを知る。

（『二十一世紀への手紙』）

すべての人が、自分の生まれ合わせた同時代の、それも数年間か数十年間、
お役に立って死ねばいいのである。

（『神さま、それをお望みですか』）

常に人生の何分の一かの運命を、動物的な勘で決定してきたような気がするんですよ。

（『日本財団9年半の日々』）

人間の一生は、燃えつくし、したいことをして死ぬのがいい、と私はよく思い書いてもいるが、同時にいくらかの部分を、自制し、し残し、相応の満足と悔悟の双方を心に感じながら死ぬのがいいように思っている。

（『社長の顔が見たい』）

過労が苦労になる時、人は死ぬのだ。だからいい加減に生きるべきなのだろう。「いい加減」という言葉は、「ちょうどよい加減」ということだから、本来はすばらしい言葉なのである。

（『狸の幸福』）

若いうちから、楽しかったことをよく記憶しておいて、これだけ、おもしろい人生を送ったのだから、もういつ死んでもいいと思うような心理的決済を常につけておく習慣をつけるといい。

（『あとは野となれ』）

死と自由とは、大きな関係がある。

（『悲しくて明るい場所』）

しかしやはり冒険はいいものだ。冒険は心の寿命を延ばす。若い日に冒険
しておくと、たぶん死に易くなる。

（『七歳のパイロット』）

人に対する恨みなど、書き残して死のうとは夢思わないことである。

（『中年以後』）

心を揺り動かされる瞬間というのは楽しい。この心の揺れ動きが多ければ多いほど、人生は味わいが濃くなる。すると死ぬ時、「ありがとうございました」と言えそうな気がするのである。

（『七歳のパイロット』）

「僕はほとんど傷つかないの。どんないいことも悪いことも、死ぬまでの話、
だと思っているから」

（『夢に殉ず』）

この世で頑張るということにあまりみごとさを感じない。最後はどう転んでもよかった。

（『贈られた眼の記憶』）

どのような天才も、有名人も、必ず静かに世を去って忘れられて行く。私はそのことをこの頃では悲惨とは思わず、むしろ温かい歴史の仕組みだと思うようになった。悪名で覚えられるのより、静かに忘れられれば、こんな幸福はない。

（『社長の顔が見たい』）

老年ばかりでなく、人間の一生が幸せかどうかを決められる最大のものは、
感謝ができるかどうかだと思うことはある。

(『心に迫るパウロの言葉』)

幸福

幸福というのは、所詮、定形がないものなのだ。

（『悲しくて明るい場所』）

今さらながら、多くの人に与えられている平凡という偉大な幸福に対して、
私たちはあらためて感謝しなければならない。

（『七歳のパイロット』）

私は人に会ったり、本を読んだりしているうちに、人間の極限の快楽は、「うちこむ」ことにある、と知るようになった。

（『悲しくて明るい場所』）

人間は誰一人として理想を生きてはいない。理想を持ちながら、現実は妥協で生きている。我々の生きる現実、対面する真実は、理想にほど遠く、善悪の区別にも歯切れが悪く、どっちつかずである。しかしむしろその曖昧さと混沌に耐えることが、人間の誠実さと強さというものなのである。

（『二十一世紀への手紙』）

理想どころか平均値も求めないことだ。平均とか、普通とかいう表現は慎ましいようでいて、じつは時々人を脅迫する。

（『悲しくて明るい場所』）

だから私は、生涯、ほどほどの悪いことをしてしまい、ほどほどのよいことができたらと願って暮らすだろう、と思う。それ以外の生き方など考えられない。

（『近ごろ好きな言葉』）

私たちは物質的に豊かになると同じ速度で心が貧しくなった。

（『神さま、それをお望みですか』）

人は自分が必要とされていると思う時幸福になる。

（『ほくそ笑む人々』）

笑うということは風穴を作ることである。つまり圧抜きだ。

（『悲しくて明るい場所』）

私を含めてほとんどの人は、『ささやかな人生』を生きる。その凡庸さの偉大な意味を見つけられるかどうかが芸術でもあり、人生を成功させられるかどうかの分かれ目なのだ。

（『神さま、それをお望みですか』）

「どんなことでもいいんだ。心に深く残るような生き方をすればいいんだ。
そうすれば、あなたの生涯は決して失敗じゃない」

（『極北の光』）

他人の暮らしはすべてすてきに思える。しかし皆ほんとうの生活を覗けば、円満でも大して幸せでもない。

（『自分の顔、相手の顔』）

本当は、教育、結婚、毎日の生活、老後、病気、死と葬式、などというものは、強烈にその人の好みに従っていいものなのである。他人がそうするから、とか、そうしないから、ということが、すなわち自己からの逃走なのである。

（『夜明けの新聞の匂い』）

しかし人間は悪いことだけカウントされる。いいことはすぐ忘れられる。

（『近ごろ好きな言葉』）

誰かの心の小さな部分で愛されて生きられれば、それは輝くような幸福というべきなのであった。

（『極北の光』）

私はいつも感謝ばかりしていた。当然と思ったことは一つもなかった。

（『中年以後』）

時間がいくらでもあるってことは、才能のある人ならいいんですけど、平凡な人には不安で仕方がないことでしょう。人間、規制されてるってことが、安心の第一ですもの。

（『夢に殉ず』）

悪いこともいいこともしないっていうのはいけませんよね。どちらかというと、いいことも悪いこともした方がすばらしい生き方ですもの。

（『寂しさの極みの地』）

私の実感によると、人生の面白さは、そのために払った犠牲や危険と、かなり正確に比例している。冒険しないで面白い人生はない、と言ってもいい。

（『社長の顔が見たい』）

私のように若くない世代の者は、もしかすると最上の時代を生きたのではないか、と思うことがある。

（『社長の顔が見たい』）

人の心を満たすもっとも簡単な方法は「なにほどか、自分の存在が社会に役立っている」という実感を持たせることである。

（『社長の顔が見たい』）

得をしようと思わない、それだけでもう九十五パーセント自由でいられることを私は発見したのである。

（『悲しくて明るい場所』）

したいことじゃなくて、すべきことをした時、人間は満ち足りるんだ。

（『燃えさかる薪』）

個人の存在は、大きいようで小さい。

（『二十一世紀への手紙』）

人間は誰でも、自分の専門の分野を持つことである。小さなことでいい。自分はそれによって、社会に貢献できるという実感と自信と楽しさを持つことだ。

（『二十一世紀への手紙』）

人間の性格に二つあって、ないものを数えあげる人と、あるものを結構喜んでいる人があるんですね。私は心根がいいからではなく、得をしようという精神から、あるものを数えあげようとするんですね。

（『人はみな『愛』を語る』）

この世で誰一人として、完全に幸福だ、などといえる生活をしている人はいない。いまの日本人も、健全な感覚を持った人なら誰でも、自分の生活に悲しみと不安を持ちながら、同時に、抱き合わせのように与えられているささやかな安らぎや小さな幸福に満足しなければならないのかな、と考えている。

（『ほんとうの話』）

片隅に生きるということはほんとうにすばらしいことなのだ。

（『地球の片隅の物語』）

出典著作一覧（五十音順）

『悪と不純の楽しさ』ＰＨＰ研究所
『あとは野となれ』朝日新聞社
『アレキサンドリア』文藝春秋
『運命は均される』海竜社
『贈られた眼の記憶』朝日新聞社
『親子、別あり』（往復書簡）ＰＨＰ研究所
『飼猫ボタ子の生活と意見』河出書房新社
『悲しくて明るい場所』光文社
『神さま、それをお望みですか』文藝春秋
『極北の光』新潮社
『ギリシア人の愛と死』（田名部昭氏との共著）講談社
『心に迫るパウロの言葉』新潮社
『寂しさの極みの地』中央公論新社
『讃美する旅人』新潮社
『自分の顔、相手の顔』講談社
『社長の顔が見たい』河出書房新社
『正義は胡乱』小学館
『聖書の中の友情論』新潮社
『大説でなく小説』ＰＨＰ研究所
『狸の幸福』新潮社
『近ごろ好きな言葉』新潮社
『地球の片隅の物語』ＰＨＰ研究所
『父よ、岡の上の星よ』河出書房新社
『中年以後』光文社
『テニス・コート』文藝春秋
『七歳のパイロット』ＰＨＰ研究所
『二十一世紀への手紙』集英社
『日本財団9年半の日々』徳間書店
『人はみな「愛」を語る』（三浦朱門との共著）青春出版社
『部族虐殺』新潮社
『ブリューゲルの家族』光文社
『ほくそ笑む人々』小学館
『ほどほどの』の効用』祥伝社
『ほんとうの話』新潮社
『まず微笑』ＰＨＰ研究所
『燃えさかる薪』中央公論社
『湯布院の月』（坂谷豊光神父との往復書簡）毎日新聞社
『夢に殉ず』朝日新聞社
『夜明けの新聞の匂い』新潮社
『流行としての世紀末』小学館
『私の中の聖書』青春出版社
『私を変えた聖書の言葉』講談社

孤独でも生きられる。

いま、あなたに必要なメッセージ

こどくでもいきられる。

2012年2月20日 第1刷発行
2012年3月30日 第2刷発行

著者
曽野綾子 その・あやこ

装幀
福田和雄

本文デザイン
小林寛子

編集・発行人
本田道生

発行所
株式会社イースト・プレス

〒101-0051
東京都千代田区神田神保町2-4-7久月神田ビル8F
TEL 03-5213-4700
FAX 03-5213-4701

印刷所
中央精版印刷株式会社

ISBN978-4-7816-0733-7